KB056104

내 이름은 단풍이란다

박태근 시집

도서출판 다경

목차

06 축하의 글
14 시인의 말
15 권두시 얼굴
146 작품해설

제1부

유년, 고향의 추억

18 길손
19 내 친구 느티나무
20 당나무
21 닭서리
24 또랑
25 또랑 물
26 묵은 설렘
27 마실
28 물꼬
29 생강나무
30 손맛 1
32 씨암소 누렁이
34 손맛 2
35 옛 터전
36 운 좋은 날
37 정화수
38 인사 잘하는 아이들
40 쟁기질
42 제비꽃
43 추억
44 큰누나 닮은 달덩이님
45 하얀 박꽃
46 첫 사람
47 한 폭의 그림
48 개구리는 폴짝
50 홍시

제2부

계절의 노래

52 취하러 가세
53 봄 마실
54 연두색 이파리
55 인연
56 잎사귀
57 소낙비
58 중복
59 가랑잎
60 가을 나들이
61 겨울잠
62 끼
63 낙엽
64 내 이름은 단풍이란다
65 불씨
66 섣달
67 허공
68 헛웃음

제3부

자화상 自畵像

70 가더라
71 그림 한 장
72 그림
73 귀갓길
74 꼬리
76 나잇값
77 넋두리
78 내 새끼
79 뇌편(雷鞭)
80 내 새끼들
82 눈치
83 늘 감사하는 마음
84 때꼽쟁이 손
85 발걸음
86 비 오는 날
87 빈 의자
88 신고산이
89 어설픈 이야기
90 오지랖
91 용접
92 이골
93 잔상
94 창호 작업
96 쳇바퀴
97 커피 한 잔
98 필부(匹夫) 이야기
99 하루
100 화살촉
101 혜안(慧眼)

제4부

사랑, 그리고 가족

104 그냥
105 그 사람
106 기우
107 기별
108 너
109 그때
110 근심
111 내가 먼저
112 넋
113 내 집
114 닮았소
115 둥지
116 몸 풀 날
118 머스마 생각
119 무녀리
120 삶
121 사그라진 마음
122 손편지
123 수양버들
124 심보
125 아는 이
126 아서라
127 애가 탄다
128 어울림
129 여보
130 연속 곡선
132 우리들의 순애보
134 이눔아
135 정
136 이름 석 자
138 지앙
139 춤
140 처자(處子)
142 호랭이 물어갈 놈
143 혼자

출판에 즈음하여

조계산의 서기(瑞氣)가 어리고, 보성강의 맑은 물이 굽어 흐르는 산자수명(山紫水明)한 남도의 땅에서 나고 자란 감성 깊은 '泰根' 친구가 그동안 바쁜 와중에도 틈틈이 하나씩 기록했던 것을 묶고 정리하여 완성된 한 권의 책으로 어엿하게 시집을 출판함을 한없이 경하(敬賀)합니다.

예쁘고 고운 시선으로 직접 체득한 느낌을 능숙한 언어로 풀어내는 탁월한 친구의 문재(文才)에 한편으론 찬탄(讚歎)과 함께, 또 다른 한편으론 부러움도 샘솟아 오릅니다. 친구가 담아내는 글 속에는 우리가 살아오면서 경험한 아련한 삶의 이야기가 응축되어 있어 손가락으로 살포시 찌르면 진한 공감과 추억이 묻어나옵니다. 어떤 기교나 가식(假飾)도 없이 자연스레 졸졸 흘러가는 시냇물처럼 유연하게 써 내려가는 글 속에는 순박함과 향토색이 그대로 밴 고향의 말을 만날 수 있어서 더욱더 친근함과 뭉클함이 파고듭니다. 빚어내는 표현은 투박하면서도 속물에 물들지 않아 조야(粗野)하지 않고, 보석처럼 영롱(玲瓏)하지는 않지만, 장맛비 흠뻑 내린 질척한 시골 황톳길에서 만나는 돌멩이 마냥 소중한 값어치를 내재하고 있습니다.

경향각지(京鄕各地)의 동년배들은 이미 육순을 넘어 은둔(隱遁)

과 은퇴의 뒷길로 쓸쓸히 종적을 감추려는 지금에 이르러 불꽃처럼 타오르는 열정 하나로 창작의 세계로 내달으며 구가(歐歌)하는 모습은 움츠러진 모두에게 다시금 힘과 용기를 불러일으킬 것입니다. '泰根' 친구의 글을 통해 가난했지만 청순했던 우리의 지난 모습을 다시 한번 반추(反芻)해보면서 그 시절 티 없이 맑고 고결했던 뜻을 한층 더 도탑게 해줄 기회를 부여해준 친구에게 감사의 말을 전하고 싶습니다.

아무쪼록 지난날 어려운 시기에 서로 의지하며 동고동락했던 죽마고우들과 함께 '泰根' 친구의 심혈과 각고의 혼이 한 글자 한 글자마다 담겨있는 시집 출간을 다시 한번 축하하며 이번을 기회로 천부적(天賦的)인 재능을 발휘하여 향후 더욱더 매력적인 모습으로 우리 세대를 대표하는 천의무봉(天衣無縫)의 또 다른 불후의 작품으로 대면하기를 간절히 앙망(仰望)합니다.

아울러 시작(詩作)의 배경 삽화를 직접 그려 넣어 품격을 높여줌은 물론 화합된 형제의 모습을 실천하여, 저미는 찡한 감동을 전해준 친구의 친아우 '태윤' 군의 노고와 조력에도 찬사를 보냅니다.

- 2020년 壬寅年 3월 빛고을 무등산 기슭에서 류명열 교육가

시집 출간에 대한 축하인사

박태근 시인은 저와 중학교 동창입니다. 70년대 초 전남 승주군 주암에 있는 주암중을 3년 동안 함께 다녔습니다.

그 때도 박 시인은 감성이 풍부했었습니다. 저도 글쓰기를 좋아해 유난히 둘은 자주 어울렸습니다. 박 시인이 우리 집에 와 호롱불 밑에서 밤 늦도록 도란도란 10대들의 고민과 설익은 철학적 대화를 나누곤 했던 기억이 새롭습니다.

성장해서 박 시인은 일하면서, 시를 쓰는 생활 시인이 되었고, 저는 전업 정치인이 되었네요.

정치인은 불만을 시인은 슬픔을 표현하는 사람들이라는 말이 있습니다. 우리 둘은 그런 점에서 뭔가를 끊임 없이 표현하는 사람들이네요.

박 시인은 우리가 일상에서 허투로 하고 넘기는 이야기나 생활 단면들도 고운 그리고 심오한 언어로 시를 만들어내는 재주가 뛰어납니다.

그러다 보니 매사가 신중하고 부드럽고 선을 넘지 않습니다.

60 중반을 넘기고도 소년의 심성을 가지는 비결인 듯 싶습니다.

참 박 시인과 저의 또다른 공통점이 있습니다. 동창회 뒷풀이

를 가면 주로 고향에 관한 노래나 서글픈 노래를 박자 무시하고 끝까지 줄기차게 부른다는 것입니다.

그 때가 친구들 화장실 가고 담배 피우는 휴식시간이더군요. 뻔뻔한 것은 고집 센 시인이나 정치인이 좀 닮은 듯합니다.

박 시인의 詩語 하나 하나는 시인의 삶이고 시인이 토해내는 고달픔이고 노동요고 그리고 기쁨이고 환희고 속엣 말입니다.

아니 박 시인의 언어가 아니고 평범하지만 맑고 바르게 살려는 일반 시민들의 평소 대화입니다.

저의 고향 친구 박태근 시인의 이름으로 나온 이 책을 가슴으로 꼭 껴안아 봅니다.

박 시인의 어렸을 적 심장박동이 그대로 느껴집니다. 진심으로 기쁨을 느낍니다. 축하합니다.

- 새누리당 전대표, 3선 전 국회의원, 대통령홍보 정무수석 이정현

태근이 시집 나오는 날

어느 봄날 투박한 목소리가 울렸다
야, 나 시집 나오는데
니가 그래도 절친이니까 추천사 하나 써주라
너 시방 뭐시라고 했냐
시집 추천사라고 했냐

봄여름가을겨울 돌고 돌아
다시 봄이 오길 예순 네 번
고향 선산을 떠나 서울을 돌고 돌아
어느 날 군포 수리산 자락에 텃밭을 일구더니
오늘 태근이 시집이 나온다

주암 한들 시냇가에 깨벗고 뛰놀던 시절
수리산 자락 채전밭에 비지땀을 쏟아내며
한땀한땀 꿰맨 수 억 년 원석 같은 말들이 모여
친구들의 추억이 되고 그리움으로 쌓이고 굴러
아침이슬 찬란한 빛으로 너의 시집에 담겼구나

꽃피는 춘삼월 손잡고 신명나게 춤추고 싶다
인생은 어차피 신나게 놀다가는 한바탕 여행이거늘
온갖 회한과 미련일랑 시집 속에 묻어버리고
들불처럼 번지는 봄꽃 되고 나비 되어
더 높이 더 자유롭게 소풍가는 아이가 되라

태근아, 시집 한아름 안고 동네방네 돌고돌고
더 크게 노래하고 자유롭게 춤추고 크게 취해보라
인생은 즐기는 자의 것이나니
이젠 허리띠도 신발끈도 다 풀고 즐기며 살아보라

그리움이 샘물처럼 솟아나는 시집을 안주 삼아
이렇게 좋은 봄날 수리산 채전밭 원두막에서 마셔보자
시집 발간 축하주를 목구멍 깊이 던져넣으며
일산 맥문동은 이만 들어간다
이것으로 추천사에 갈음하며…… .

- 국회환경포럼 사무총장, 환경공학박사 조길영

친구의 미래를 응원하며

올 겨울은 유난히 춥고, 게다가 코로나19 전염병의 창궐로 어려운 이 때, 곧 다투어 전해질 봄 꽃 소식만큼이나 기쁜 소식입니다.

오랜 시간 쏟은 노고와 정성을 들이고 꾸준한 시작(時作)의 열정으로 차곡차곡 쌓아 둔 열매들을 묶어내 시집 출간을 할 것이라는 친구의 소식에 너무나도 반가웠다네. 한없는 축하와 박수를 보냅니다.

인터넷 중학 동기방에 가끔씩 올려주던 친구의 시를 읽고 감상하면서 학창시절 좋아하는 마음의 표현에 서툰 나의 청소년 시절의 감성을 깨워주었던 시어들을 되새겨 보네.

신선하고 아름다운 시어(詩語)들을 꺼내서 멋진 작품 시를 짓던 친구의 영감과 창의력에 존경하는 마음까지 가지게 되었다네.

친구의 시는 우리의 곁에서 일어나는 일상을 어렸을 적 소년의 감성으로 멋지게 풀어내는 재능에 감동하고 마치 나 자신의 옛 모습으로 동화하고 이입하게 하였다네.

동창회에서 친구를 만날 때마다 시집이 언제 나오느냐고 채근하고 물었던 생각이 나네. 그 시집이 출간을 앞두고 있다는 친구의 연락에 벌써 그 시집을 손에 넣고 감상하고 감동하는 나를 발견하

고 깜짝 놀라네.

세월은 우리를 60대 중반으로 끌고 왔고, 아니 우리가 끌려온 건지도 모르지. 아무튼 이제 어느 정도 농익은 우리의 일상과 미래에 대한 행복한 상상을 해봅니다.

또한 무한히 발전할 친구를 기대하며 친구의 미래를 응원합니다.

다시 또 친구가 출간하게 될 2집, 3집이 기다려집니다.

- 2022년 3월초 깨복쟁이 까까머리 친구
조원익 교육가

시인의 말

그냥 살아가는 손마디가 굵은 필부입니다. 두꺼비 등짝 같이 투박한 손으로 삶을 일구어 살아가기도 바쁜데 울컥 쏟아지는 밀알들이 나를 불러 세워 놓고 채근하길래 우둑하니 먼 산 바라보다 몇 마디 써서 핸드폰 메모장에 남겼습니다.

쓰였던 몇 마디 글귀에 도취되어 위안을 삼았던 글들. 시라고 생각지 않고 거울에서 출렁이는 모습 그대로 사이트에 올렸더니 시라고들 합디다. 그때부터 이삭을 하나하나 모았습니다.

지인들이 툭툭 던져준 장난기 서린 한 구절이 가슴속을 건드려 콧등에 올라 시큰거리게 했던 찰진 이야기.

객지에서 산 나는 늘 우리들의 삼신할머니가 사신 탯자리에서 엉키고 설킨 그리웠던 이야기.

내가 품은 둥지 속 희로애락이 보쌈된 이야기.

우연히 숨겨 보듬어야 했던 이야기.

이런 이야기 저런 이야기.

잘 아는 지인이 시를 쓰신다기에 이야기 자락 끝에 이런 글이 있다면서 핸드폰 메모장을 쑥스럽게 내밀었습니다. 읽어 보시고서 책을 내보는 것이 어떠냐며 적극 권장해서 육십 대 중반에 이르러 품 안의 새끼를 바깥나들이 시킬까 싶어 데리고 나왔습니다. 어색하고 겸연쩍어 발걸음이 조심스럽지만 시작이 반이니 늦게나마 첫발을 힘차게 뛰어 보렵니다.

- 봄날에 박태근

얼굴

보세요
가슴에 쌓인 글
얼굴에 잘 쓰여 있지요
잔주름 그은 삶
골 깊은 곳으로 잘잘 흐르네요
숨기고 싶은 끄나풀 몇 가닥 감추어도
얼굴에 다 자르르 흐르네요
세월이 씌운 굴레
나이테가 되어 나들이 왔나 봐요
내 얼굴에

내 이름은 단풍이란다

제1부

유년, 고향의 추억

길손

바람 따라가는 신작로
녀석
앞서거니 뒤서거니 가다가
훠월 옷 춤 들춰
슬쩍 속살 들여다본다
남사스럽다며
뚝 쏘아붙인 아낙네 앞에
겁에 질려 도망친 녀석
힐끗 돌아서서 회오리치고
빼그시 웃으며 핑 도망간다
두툼한 큰 입으로 넥 하신 님
이미산 쳐다보시다 가던 발걸음 재촉한다
후덕한 건너집 누님
뒤에 또 가요

내 친구 느티나무

그늘에 앉아 니 한잔 나 한잔
뿌리에 꼬시레 한잔
잎사귀 볼에 불그스레 물들었다
잔술 떨어지면 집에 갈까 봐
한잎 두잎 날리어 추파 던졌나

쌩 부는 바람에 우수수 떨어져
뿌리 추울까 봐 니 옷 덮어주었냐
심술궂은 북풍 녀석
살이 아린 바람녀석 데려 올 텐데
느티나무야 어찌 살래

벌거벗은 몸뚱이
함박눈 데려와 하얀 코트 입혀 줄 테니
엄동설한에 잠들지 말고 기다려라
잠들면 동사한다
내 친구 느티나무야

당나무

아름드리
풍상 피하려 꺾여 자란 마디
우뚝 선 아름드리나무
싹싹 비벼 빌고 비나이다

골 깊은 껍질에 쌓아둔 사연
서녘 햇살에 얹어 스며든 연세
빵 돈 오선 줄 음반에 실려
금줄 세월에 갇혀 계시나

빌고 비나이다
천지 개벽 징소리 나거들랑
나잇값 자랑해야지요
동녘 뫼에 온누리가 걸쳐 있네요

닭서리

쾌쾌한 담배 냄새 자욱한 방
고리타분한 남자 냄새 진동한 방
밤이면 끼리끼리 모인 방
사랑방 남자들 예닐곱 명

동지섣달 기나긴 밤에
사내들 출출해지면 오늘 닭다리 어때
가자 닭 잡으려
사랑방 사내들 밤 마실에 간다

훤히 꿴 옆 동네
닭장이 어디에 있는지 알고 간다
마을에 들어간 순간
발소리 죽이고 숨소리 죽여
울타리 넘는다

한 명은 사립문에서 망보고
큰방 앞에 망본 놈 지게 거꾸로 받쳐 놓는다
닭서리 할 놈

손을 가슴팍에 깊숙이 넣고
헛간 앞 닭장 문을 연다
뜨뜻해진 손
닭 날갯죽지 속 깊이 넣어
온도가 같아 움직이지 않은 달구 새끼
움켜쥐면 꼬꼬 소리 없이 발만 푸더덕거린다

숨소리 죽여 사립문 빠져나오지만
들킬까 간이 콩만 해진다
푸더덕거린 달구 새끼 목 움켜쥐고
발꿈치 들고 가슴 조이며
후다닥 마을을 벗어나 긴 한숨 모아 쉰다

개천에서 털 뽑고
짚불에 잔털 꼬시리며 증거를 없앤다
쾌쾌한 냄새 풍긴 사랑방에서
요리해 먹은 닭고기가 왜 그리 맛있던지
지금도 군침이 삼켜진다

날이 새면 빨래터 아낙네들 사이에
어떤 호랑이가 물어갈 놈이
우리 씨암탉 잡아 가버렸어
손뭉뎅이 콱 썩어 뭉그러져 버려라
악담이 아닌 소문이 온동네 쫙 퍼진다

윗동네 젊은것들은 아랫동네로
아랫동네 젊은것들은 윗동네로
닭서리를 다닌다
젊은것들 *추름이였고 짓궂은 장난이었다
배곯았던 시절이지만
어른들도 경험이 한두 번씩 있으신지라
추인하신 듯 아무 말씀들이 없었다
지금은 큰 범죄일 것이다

*추름 : 추렴의 방언

또랑

뒷산 말뫼 골
돌 뒤집어 가재 잡던 또랑
웅덩이에서 물장구치고
바위에 누워 낮잠 자고 싶어
가고 싶은 뒷골 또랑

또랑가에 빨강 산딸기
주렁주렁 열렸을 텐데
고사리 손에 한 움큼 쥐여졌던 딸기
입 안 침을 가득 고이게 한다
꿀꺽

추억이 새록새록하여 왔는데
수풀이 꽉 차 들어갈 수 없어
한 발 디딜 때마다 몸에 소름 돋아
머뭇거리며 들어가지 못해
물소리에 멍 때리고 쳐다볼 뿐이다

또랑 물

또랑 물
가다 쉬어 간 웅덩이
생김새 탓하지 않고
넘쳐흐르게 듬뿍 담겨준 또랑 물
꾸불꾸불 내려간 길
비류가 되어도 험타 책망하지 않고
감싸 안으며 넉넉히 적시어 흐른다

내려온 길
꼬리 세차게 흔들어 오르면
승천할 수 있는 길인데
알고도 오를 수 없다
꼬라지가 나서 가끔은 심술을 부려
흙탕물로 해코지 하며 내려간다
여울도 있고 소(沼)도 있는 곳에

묵은 설렘

척척 안긴
내 고향 흙냄새
숨겨둔 정 찾으러
뽐내고 들어서니 교정이 훤하다
차에서 내린 목소리
뜸 들여진 구수한 냄새다
맛보려다 움찔 물러섰다
낯설어진 이 금세 어디 가고
활짝 벌린 품에 척척 안긴다
야단법석 속에 감추어진 묵은 설렘
맛보러 찾아간다

마실

따분해
기지개 켜고 나선 바깥
끼리끼리 모인 곳에 발 들여 놓았다
자주 들리다 보니 맛 들려
입이 간지러워 끌어 당긴 마실이다
저잣거리에 구성진 이야기
하러 들으러 간다
다들 잘난 꾼들 속으로
열 올려 이김질 하다 토라져도
언제 그랬었냐는 듯
아무 일도 없었다는 듯
지그시 웃으며
글쎄 오늘도 마실 간다

물꼬

논두렁 길 사이
보또랑에 찾아온 손님
이리저리 틀어 꿈틀이며 잘도 찾아간다
춘곤증에 잠든 보또랑
님 발자국 소리에 깼을 땐
허리춤까지 물에 잠겨 흐른다
들쳐 메신 삽자루
겨우내 말라붙은 물꼬 딱지 걷어 내시자
물살은 부챗살 타고 촉촉히 적시어 간다
욕심 많게 나만 흠뻑 가질 수가 없다
밉든 곱든
흘려보내야 하는 물꼬가 있어 다행이다
물이 찰랑거리게 잘 채워진 논바닥
개구리 개굴개굴 울어대고
백로 발걸음 조심조심 디딜 때
잔잔한 물보라
늘 조급해 두근거렸던 가슴팍
너무나도 찌잉하게 나를 울린다

생강나무

생강 냄새 뿌린
노랗게 핀 꽃
감기 들 때 오시지
이제 오시나
매봉산 자락에 핀 노랑꽃
아지랭이 따라 마실 나오신 저 양반
겨우내 감기 달고 사시더라
따뜻한 차 한 잔 대접하시게
꽃샘 추위 곱게 보내시고
후년에
또 마실 나오시게

손맛 1

은빛 진보들 냇가
첨벙 뛰어들어 물장구질
긴 숨 들이쉬고 쭉 들어간 미역질
더듬은 돌파구 속
갈피리 붕어 불뭉치 쏘가리
높이 쳐든 손에 괴기들 잡혀 나온다
앗 따가워
빠가사리가 쏘았다

풀 줄기 꿰미에 끼어 들고
이리 미끌 저리 미끌
거품 머금은 삐그듯 소리 고무신
집 앞 또랑에서 손질한 괴기
바가지에 솔찬하다
빨강 푸렁 고추 쑹쑹 썰어 넣고
장끄방 모퉁이 잼피 잎 칼로 조사 넣으신
전골냄비 보글보글 끓는다

침이 꿀꺽 끌어당긴 손맛
잊을 수 없었어요.
어머니 !

씨암소 누렁이

끄덕끄덕
고개 밑 핑경 소리
삐거덕 덜커덕 꾸부렁길
달구지 끌고 잘도 간다
걸터앉아 고삐 흔들어 이랴
누렁이가 알아서 찾아간 한들 논빼미

나락 싣고
자갈 투성인 신작로길
짚신 신은 발굽 깊이 파이도록 찍어
힘들게 끌고 간다
고삐 움켜쥐고 이랴 큰소리에
오르막 길 넘어섰다

힘들어 헐떡이며 침 흘린 누렁이
파고든 멍에 밑 등짝에 땀방울 흥건하다
고생했다 내 새끼

따뜻한 소죽 갖다 줄 테니
체하지 않게 서천히 먹고 푹 쉬거라
큰 두 눈만 꺼벅꺼벅

손맛 2

울타리 잼피 몇 알
넘시밭 빨간 고추 서너 개
확독에 넣고
드르륵드르륵
갈아낸 빨간 양념
푸성귀와 같이 무쳐낸 김치
혀를 톡 싼다
침을 꿀꺽 삼킨 그 맛이 살았다
침샘을 자극한 그 맛
잊고 있었던 엄마 손맛
눈물이 핑 돈다

옛 터전

가던 길 동대문
기분에 쉬이 들여다보려 멈춰 섰다
기대 부푼 설렘
어라
옆에서 바짝 거리면
생김새 어렴풋이 떠올려줄 줄 알았다
그럴 리 없다 싶어
떼쓰듯이 여기저기 눈길 줘보고
헛기침 몇 번이고 해 봐도
아는 체도 않는구나
버선발로 반겨줄 이 어디로 다 가고
사방팔방 뚫린 길
아는 체 다했으면 길 찾아가란다

운 좋은 날

뜰에 심은 호두나무
뙤약볕 고약하지
살려보겠다 발버둥 친 땀방울
짓밟으려 한다
고얀 놈
바람아 흔들어 대지 마라
몸살 나겠다
달려오다 보니 옷소매에 스쳤나 봅니다
단비를 데려 왔습니다
운 좋게 이럴 때도 있는가 보구나
흠뻑 목 축여라
따라왔으면
꽃도 피고 열매도 맺어야지

정화수

길가 모퉁이에 돌무더기
허리 굽혀 주워 든 돌
돌무더기 위에 올려놓으시고
두 손 모아 허리 굽혀 기원하신 엄마
가족들 무탈하길 오나가나 정성
가시는 길목
여기서도 저기서도 지극정성
동녘 장끄방 정화수 그릇 속
올해도 새해가 떴다
늘 떠 올린 정화수는 울 엄마를 보셨을까
어머니
오늘도 무탈히 잘 있습니다
샛별이가 늘 보고 있을 거여요

인사 잘하는 아이들

쫄랑쫄랑
어깨에 책보 둘러메고
때꼽쟁이 배꼽 들춰 보이며
자랑삼아 자기가 더 배 사장이라 우긴 아이들

이리저리 뛰어
검정 고무신에 땀이 차
이리 비틀 저리 비틀 뽀드득 소리 내면서도
넘어지지 않고 잘도 간다
고놈들

펄떡펄떡
뛰어간 개구리 붙잡아
똥구멍 속에 보리대 집어 후욱 불어
부풀어 오른 개구리 배를
자기 개구리가 남산보다 높다고 우긴다
고놈들

스르륵 쓱
지나간 뱀을 보고
자기도 모르게 손가락질 해놓고
워메 가리킨 손가락 썩겠다
빨리 잡아 죽이자
돌멩이 던져 뱀 죽인 아이들

꼬불꼬불한 또랑 둑에 늘어서
머리 숙여 물에 인사하고
훌딱 바지 내려
고추 잡고 멀리 싸기 시합한 아이들
자기가 멀리 쌌다고 우기면서도
인사하지 않는 아이에게
또랑 물에 인사시킨 아이들

지금은 어디쯤에서 잘 살겠지

개울물에 소변을 보고서 잘못했다고 절을 했던 아이들

쟁기질

통통
골짜기 쩌렁쩌렁 흔든 경운기 소리
철커덕 1단 기어에
밭주인 이랴 목청소리 안 터져도
쟁기 깊숙이 갈고 나간다
경운기 힘들어 동동 소리 내면
손가락 하나 까닥으로
통통거리며 흙을 잘도 갈아엎은다

갈아엎은 밭고랑
통통 소리 시끄러울 텐데
까치 손님 찾아든다
밥상 차려줄 거라 어찌 알고 왔니
맛있게 쪼아 먹거라 까치야!
내일이면 비닐 씌워 고구마 심으련다

자로 잰 듯
쭉 쭉 뻗는 밭고랑
일렬로 줄 맞추어 서 있는 흙덩어리

팔짱 끼고 바라보니
너무 흐뭇하다
흙덩어리 병졸 대장이어서

제비꽃

동네 어귀 옹기종기
보라색 머플러 목에 걸치고
부잣집 아씨 사뿐히 뽐낸 새댁
해님 손 잡고 쎄쎄 노시더니
서방님 기다시리다 금세 쪽잠 드셨네
언제 오셨는지
대문 빗장 걸어 잠겼다
새댁 밥 짓는 구수한 냄새
온 동네 아지랑이 타고 담 넘나다닌다
길가던 쇠똥구리 대문 툭툭 두드리자
가던 길손 시장하시겠다
새색시 솥뚜껑 열어
쌀밥 보리밥 가리지 않고 퍼 나르신다

제비꽃 씨방 터뜨려 쌀밥 보리밥 놀던 기억을 더듬어 보았다

추억

밤새 울부짖는 포효
먹구름 사이 보가 터졌나
빗방울 쏟아붓는다
수리산 자락 지천에 널린 녹색 무명천
풀쩍 뛰어
대자로 눕고 싶다
고인 빗방울 또르르 떨어져
이리 흔들 저리 흔들 참 호습겠다
니랑 너랑 나란히 누워 눈 좀 붙이세
간드러지게 잠든 우리
하지 녀석 보고서 입맛 다시겠다
아고 닭살이야

큰누나 닮은 달덩이님

노란 쟁반 받쳐 이고
불 밝혀 들고 고개 넘으시길래
금세 오실 줄 알았다
바람에 등 그을려 오는 길 놓쳐
높이서 머리맡을 빤히 내려다보신다
툇마루에 누워 어리광 부리며 눈 맞추니
내 손이 약손이라며 이마 짚어주셔
근심 걱정 싹 가시네요

달덩이님 큰누나
남이 모른 아픈 손가락이 있으셔
먹구름 헤치고 어찌 저 산 넘으실고
가셔 전답 조금씩 떼어 주시고
차츰 허리 굽어 오신 당신 뒷모습 보자니
어깨 찡하네요
고개 너머 다랑이 개간해둘 테니
오실 땐 말이요 꿰차고 허리 펴가며 오세요

하얀 박꽃

밤에 핀 하얀 꽃
다무락 뒤덮은 넝쿨
가로등 불빛이 재촉해
잎사귀 틈새로 고개 내민 하얀 꽃
여기저기 쑥 내밀어 날 쳐다본다
쑥스러워 고개 돌린 얼굴
벌겋게 홀려버렸다
잰걸음 멈추어 서서
한 송이 꺾어다
밤마실 오셨다 가실 때 드릴게요
삼신할매 모시고 오세요
박이 주렁주렁 열리게

첫 사람

촉촉이 온 봄비
급하기도 하시네
벚꽃 핀 지 얼마나 되었다고
방울방울에 데려가시나
보도블록 위에 쫙 깔으시어
발자국 도장 찍고 또 찍어
데려온 연두색 새순아
설렌 인연 산들거려
금세 찾아오실 것 같아 두근거린다
온 누리 연두색 자락아
너 무릎에 누워 기다리지 않으련다
덥석 안아 청포 자락에 한 선 그으련다

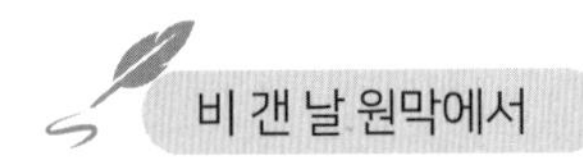

한 폭의 그림

허덕이다
오늘도 찾아간다
장고에 가득 채워진 허상
가두어 둔 채 꺼내지 못한 그림 한 장
늘 아쉽다
그림 속으로 진즉 떠나고 싶었는데
오늘도 떠날 수가 없어
다시 등짐에 동여맸다

개울가 텃밭에 달구 새끼
찐 감자 바구니에서 김 모락모락
평상에 대자로 드르렁거린 임자
구구절절 그려보고 싶은데 빈 곳이 많다
괭이자루에 땀이 흥건해야 채워지려나
물감 붓 한 트럭 싣고 찾아가
마음껏 저 골짝에
대형 그림 한 폭 그려보고 싶다

개구리는 폴짝

국가가 불러서
빡박머리 가슴 조이며
동구 밖 길 푸른 제복 입으려 나설 때
내 어머니
손 흔들다 고개 돌려 눈물 훔치신다
찬바람 가를 철마 붙잡아 탔다
야! 인마 잘 갔다 와!
그 소리에 나는 들켜 버렸다
활짝 웃는 얼굴에 감추어진 두려움
시작이다
잡것들이 꼬드겨도
연병장 구령
압둘 둘둘
선임 진격 앞으로 목청 터져라 손짓
국기에 경례
충성!
선임하사 소대장 중대장 군 사기
검게 탄 내 몸 뼈 마디마디마다 스며든다
경계를 선 눈초리 번뜩일 때

거총 시곗바늘
국방부 시계 찰칵찰칵
이등병 일병 상병 병장
어느새 개구리는 하늘 높이 뛰었다
개구리 복 입고서도 충성

홍시

꼭대기
능청 능청 서서
나는 왕이로다 까분다
주인장이 날짐승 먹이로
잘 보인 몬당에 남겨 둔 줄도 모르고서
휭청 휭청
북풍이 드리워 일러준다
남부끄럽다며 우락부락 붉게 달아오른다
동지섣달
까치가 벌건 얼굴에 남기고 간 새 달력
참새 찌르레기 이새 저새
다들 오다가다가
쿡 쿡 찍어 기념일 남겨
무게가 버거워서 폭삭 주저앉는다

겨울 날짐승 먹이로 감나무 꼭대기에 까치밥 먹이라며
남겼던 옛 어르신들의 지혜가 생각이 나서

제2부

계절의 노래

취하러 가세

쌩쌩 달리다
빨강 불에 끼이익 그치고
지루하게 신호 기다린 장삼이사들
파란불 빛에
번득번득 줄어든 숫자 놀이에 길들여져
건널목에 그려진 건반 위에서
팔자대로 밟아가며 연주한 타령가가
어깨 뽄새에 깃들여 사연들이 상영된다
다행이다
기다린 저희나 건너는 우리나
들이쉰 숨통이 다들 같아 벌렁거리니
세간(世間)으로 가세
어울리는 흥에 취하러 가세

봄 마실

들녘 싹들
질세라 바삐 서둘러
시샘하며 펼쳐진 푸르스름
사잇길 둘이서
맞잡은 손 한들한들 까불고
하얀 운동화 발걸음 폴짝 높이 뛰어
풀잎 꽃잎 살결에 쓰윽 스칠 때
설렁한 옷자락 사이로
슬쩍 살이 맞닿아
콧등이 찡하게 들먹거리더라
희(姬)야!

연두색 이파리

또랑을 감싸 축 늘어진
버드나무 가지
바람에 춤춘 연두색 장옷자락이 나부낀다
홀리어 넋 놓고 바라보다
만작 만작 손으로 만지고 싶고
야들 야들한 연둣빛 이파리
깨물어 주고 싶어 환장하겠소

연두색 장옷 머리에 걸치고
마실 나온 버드나무집 아씨
이 내 마음 어지간히 앗아 가시요
아씨 엉덩이 이리 씰룩 저리 씰룩
산들바람에 취해 애간장 녹소
웅덩이 물결 위에 비친 아씨 자태에 반해
철퍼덕 웅덩이에 몸을 담갔소

연두색 이파리가 첫사랑을 끄집어내서

인연

반쪽 달이 오는 밤
방문 활짝 열어젖혀
뽐내어 읊은 노랫가락 소리
담 넘어 사방에서 들썩거린다
귀뜨르 귀뜨르
애달프게 품어낸 곡조 신금 울려
귀 쫑긋 세운 부끄럼쟁이
반딧불에 자수로 놓은 다리 건너려다
가슴 저린 바늘에 찔려
울타리에 장미꽃 한 송이 피었다
오셔요
반딧불 따라오시면
장미꽃 핀 집이 새침이 집이어요
귀뚜르 귀뜰

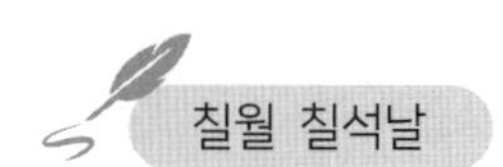

잎사귀

사방팔방
누가 먼저랄 것도 없네
바삐 내민 연두색 아기 손
첫사랑 가슴을 쓸어줘
깨물어 주고 싶어 환장했었다
만개한 꽃송이
잘 났다 예쁘다 뽐내어 부대끼더니
둥글 동글 맺힌 새끼들
무더위에 보듬어 탐스럽게 잘도 키웠다
애지중지 키웠던 내 새끼들
내가 보아도 참 잘 났네
손 없는 날 잡아
하나 둘 시집 장가 보내던 날
며늘아기가 고운 색동저고리 입혀준다
눈에 밟힌 자식 근심 걱정에
너도 나도 색동저고리 팔려가던 장날
맥없이 우수수 쏟아진다

소낙비

덮쳐 온다
컴컴하게 뒤덮인다
새카만 먹구름 한 입에 덥석 먹혔다
우르르 꽝꽝 씹은 소리에 놀라
내 잡힐까
재빠른 뜀박질로 냅다 뛴다
세차게 뿌린 빗줄기 속
쏜살같이 달린다
저만치에서 처마가 오란다
뿌리치고 왔던 이
금세 뒤따른다고 기다리라네

중복

휴
덥다
뭉게구름
솜사탕 같은 당신
여기저기 벗어던져 버리고
하얀 속옷 차림에 어디 가실까
남살스러워서 죽겠네
우윳빛 속살 남 볼까 민망하니
도롱이라도 빨리 걸치세요
죽죽 흐르는 땀방울 주체 못 하시겠거든
시원스런 소낙비 내리시며 보세요
펄펄 끓은 가마솥
고깃국 먹고도 시원~하다며
몸보신 할 거요
저 이는

가랑잎

오랜만이다 툭 치니
맥없이 나가떨어진 너
아는 체한 가을비 계면쩍어한다
소슬바람
슬쩍 옷깃만 스쳤는데
우수수 쏟아져 나뒹군 너
홀로 잘 있는가 싶더니
탁 꺾여 빙빙 돌며 떨어진 너
잘 산다 싶었는데 소슬바람 따라
을씨년스럽게 다들 떠나는구나
바스락바스락

가을 나들이

회갑년에
무안 해변가를 찾았습니다
조계산 자락 탯자리 사람들이
밤새 왁짜지걸 흥에 잠든 이무기들을 깨웠나
아침 안갯속 서해바다
꾸정 꾸정 혼탁하네요
가을 햇살속 산 등선에 올라탄 이무기
울긋불긋 꿈틀꿈틀
먼저 승천하겠다고 난리네
새벽녘 백합이 건넨 여의주
돌고 돌린 어깨동무 안에 있는데
이무기는 찾을 수 있을려나
친구들아
두 손 벌려 폴짝 뛰어 멋들 나게 한 번 찍자
무지개 타고 승천하려는 이무기야
옜다 여의주 받아라
찰칵

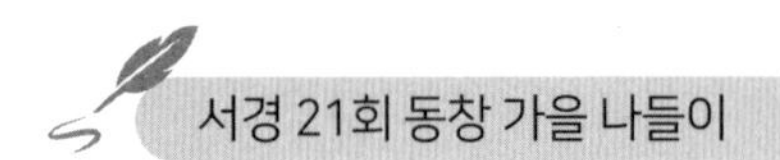

겨울잠

매봉산 밑 고향마을
집주인 없어 쓰러져 가도
소죽 솥 걸린 부뚜막
부지깽이 토닥거린 소리
펄펄 끓은 단내 나는 사랑방 아랫목
내 삭신이 기억한다
아랫목에 드러누워
살아온 등짐 잠시 내려놓고
내 등짝 다독거리며
긴 겨울잠 편히 자고 싶다

끼

길바닥
잘 챙겨 입은 가랑잎
고개 쳐들어 젖히고 일어나
늘 마주만 바라보다
이제사 팔짱 끼고 간다며 폼 잡는다
바람이 축하한다며 바스락
을씨년스러운 날씨가 분위기를 잡아 준다
별일 없었냐 물었더니
마냥 뛰는
심장 호들갑에 놀라
엉겁결에 입술 포갰다고
그냥 이야기한다
바스락

낙엽

오랜만이네
내 이름은 가을비다
다정스레 툭툭 아는 체하니
불그스레진 이파리
쑥스러워 고개 돌리다 맥없이 꺾인다
콧대를 세우다 흠뻑 젖은 단풍이
인정사정 없는 비바람에
한꺼번에 또 우수수 떨어진다
젖은 잎 어수선하게 쌓아 두지 마시고
제발 발목 좀 붙들지 마세요
골바람이 스산스럽게 스친 길목
고상하게 폼 잡고 나서서
바스락거리며 그 길 걷고 싶소

내 이름은 단풍이란다

한시 한때
우리는 다둥이들로 왔다
풍파에 나동구라진 이
시들시들 앓다가 떠난 무열이
살기 바빠
따뜻한 손길 한 번도 내밀지 않았다
내심 더 먹을 수 있을 것 같아 좋아했다
기껏해야 몇 계절 살걸
천년만년 살 것 같아서 그땐 그랬다
보인다 가야 할 길이
말라 야위어 쭈그러진 나
외투라도 화사롭게 입고 뽐내련다
저이들은
내 이름이 단풍이란다
우리 다둥이들 떠날 길목에 서서
만가 노랫말이 감탄과 탄성으로 터진다

불씨

가을걷이 끝나 휑하다
아른거린 그 이름표
꽉 채워 주려 왔으면 들어오지
감나무 가지에서 부끄러워 서성이나
농막으로 들어 오라시란 손짓에
놀란 청설모 발길에 차였다
불씨가 벌겋게 푹석 내려앉는다
활활 타오를 불쏘시개 위에
어찌할끄나
치솟은 불꽃이 박동 소리에 불 지피었니
먼 산 봉우리까지 훤~해진다
다행이다
푸르스른 초겨울 하늘이 싸악 보듬어 줘
입맛 다신 당신 목소리가 찾을까 해
물방울 폰 벨소리에 귀를 쫑긋 세웠다

섣달

나잇살에
깜박할 뻔했소
탐을 자빠트려야겠소
글쎄 금세 양력 섣달이오
작대기 힘 하나 믿고
고삐 잡아 풍경 소리 울렸지 않았소
이리 오시오 팔베개 해드릴 테니
내 머리맡으로 바짝 붙으시오
간지럽다 하지 마시고
등짝 지지며 한 잠 푹 쉽시다
헛기침에 문 열면 문안 인사받으라
넙쭉 엎드려 절 올릴 거요
천하 영물이

(신축년-> 임인년) 2022년 새 달력을 받아 보고서

허공

사다리 딛고 한 계단씩 높이 올라서라
조석에 서늘한 바람 오르랑 내리랑
산으로 들로 헤집고 쏟아다닌다
어루만질 곳이 그리도 많더냐
눈요기 할 곳이 그리 많더냐
한철이라 무지기 바빠요
겹으로 차곡차곡 쌓아
이고 지고 갈라요
허물 껍데기 다
안고 갈라요
허공으로
갑니다
내가
秋

헛웃음

창밖 나뭇가지에
아슬아슬하게 걸터앉은 나
마주친 부엉이
두리번거린 눈 속에 탑승했다
멀미로 내동댕이쳐진 나
가슴속 것들을 다 쏟아버렸다
차가운 파란 하늘에
휘몰아친 높은 곳에서 바라본 둥그스런 너
나 좀 감싸 안아 주라
소스라치게 놀라 허해진다
토해 후련하려나 했는데
안고 우두커니 서서 허허 웃는다

제3부

자화상 自畵像

가더라

해 달 별 그리고 바람
그들이 넘실거리며 놀던 시냇물
바삐 뛰어든 고라니 발굽에
물결이 사방에 부딪쳐 산산조각이다
속이 뒤집혔다
헤집어 파인 구정물이 요동쳐
애가 뒤틀려 죽겠다고 뒤둥그러진다
물결이 다독거리어
살살 달래어 데려가고
은빛 찰랑거리며 감싸 안으니
아무 일이 없었다는 듯
거짓말 같이
바람과 같이 유유히 가더라

그림 한 장

만나려는 날
핸드폰 알람이 옆구리를 건드린다
보고 싶어
지그시 감는 눈 미간에 그렸던 얼굴
솜털 하나라도 빠트릴까
붓끝이 신들렸다
그림 한 장 들고 만나려 간 너
전차에 들켰나 보다
덜커덕덜커덕 설레발이 친 것이
만나려는 당신에게
눈이 침침해 내가 내민 그림 한 장
몽당 붓으로 골 깊게 그린 그림이면 어쩌나
두근거려 돋보기를 써야겠다

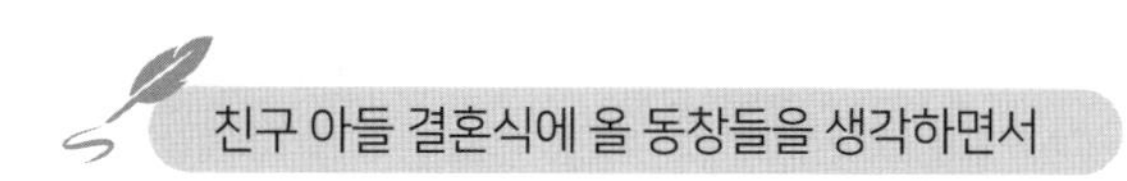

친구 아들 결혼식에 올 동창들을 생각하면서

그림

어이
거기
걸어가는 양반
서기(瑞氣)가 육중하구먼

이고 지고 안고 가는 길
봇짐 내리고
어디쯤 뿌리내릴고 고개 돌린 양반
새끼들 고향 가는 길이 지워져 버렸네

훨훨 털고 텃자리 떠나
세상 주인이 되고자 한 세월
하얀 머리카락 위
검은색으로 까맣게 그림 그리더라

귀갓길

코트 주머니에 두 손 넣고
찬바람 피하려 귓불에 옷깃 세웠다
휘청휘청 걸어간 양반
빨리 오시게 같이 가세나
중얼거리며 걸어가는 양반
주머니 속 두 주먹이 말한다
불끈 쥐었다 놨다
시부렁거리며 혼자 걸어간 양반
보도블록 모서리에 걸려 얼굴 깎일까
가로수 안고 한쪽 다리 들어 실례할까
괜스레 걱정이 되네
빨리 오시게 같이 가세나

꼬리

꼬리가 짧아서 서러웠다
고향집 문고리에 동여매고 늘였어도
빛고을 사람들 잡을 곳이 없어서 놓쳤다네

뼈 끊어진 고통을 참고
아미산 자락 바위에 묶어 늘였더니
남방 사람들 덩실덩실 춤추며 잡을 곳 많아서 좋다네

지리산 샘물
꿔다 놓은 보릿자루에 가득 담고 상경하니
꼬리에 매어진 보릿자루
백두산 정기였구나

동분서주
바삐 길바닥 쏘다닐 적
꾸어다 놓은 보릿자루
백두정기 빠져 나간 줄 몰랐네

선남선녀들이 밟아 상처투성인 꼬리
치유되었거들랑 간수 잘하여
꼬—옥
힘차게 펼쳐 보이소

나잇값

오가는 길목
반석 위에 서서
이슬 마시고 사신 노송
우러러 바라본 자리에 턱 앉아
근엄한 풍채 뽐내신 참선
넋 놓았습니다
길가던 손 비나이다
삼신께도 점지해주시라 빌어 주세요
진통 겪고 태어난 삶
살 만한 세상이어서
바우 위에 사신 나이 드신 노송님
영험하시다
칭송 설파할게요

넋두리

하고 싶은 말이 많은데
어디로 갈까?
술 한 잔 쏟아붓고 싶은데
누구를 찾아갈까

나서는데 갈 곳이 없다
잘 못 찾아들면 술주정이라 할 텐데
환갑이 넘었어도 갈 곳이 없어
스르르 눈가가 적시어진다

나
응어리 겹으로 쌓이지 않으려
한 잔의 술 노랫가락에
젓가락 장단 어깨 들썩이어 본다

내 새끼

이보이소
밖에 좀 봐요
부지런한 제비
남녘에서 물고 온 녹색천으로
온누리를 다 덮었소

까치 녀석
이른 아침 부리로 쪼더니
오선 줄에 음표 그렸고
가슴 졸인 뻐꾸기 노랫말 지어
소쩍새 밤새 울어 노래한다

오뉴월 햇살 따가울 텐데
한 입에 날름 받아먹은 녹색천
힘 솟구쳐 울퉁불퉁 펄렁거린 강토
열두 달 후 태어날 내 새끼
안 봐도 알지 않겠소

뇌편(雷鞭)

우르르 쾅
번뜩
여러 갈래 살(煞)이 내리친다
이승에 누굴 잡으려 자꾸 오시나
유리창 타고 내려온 살(煞) 하나
살(煞) 맞아 죽었다 할까 봐
가슴 철렁 내려앉는다
니가 지은 죄 별거냐
우리네 먹고살려고 일했을 뿐인데

번쩍
빗줄기 타고 내려온 살(煞)
아스팔트에 하얗게 토해낼 잡것들 많은데
보고만 있나 헛발질했나
비야 쏟아져라
이승에서 내 죄 씻겨가라
제 잘난 맛에
빌딩 숲에서 숨어 침묵하지 않니
고약한 것들

내 새끼들

베어오라는 깔이나 한 망태 벨 것이지
왜 남의 호박에 말뚝을 박어 이 염병할 놈아
망태 메고 들어선 새끼
간짓대로 후들겨 맞고 나 살려라
삼십육계 줄행랑친 놈

설거지하고 보리쌀 삶아 놓으라니까
고무줄놀이하다 깜박한 순이
부삭에서 불 지핀 부지깽이로
등짝 후두들겨 맞고 쫓겨난
이 썩을 년

해지기 전에 소죽 쑤어 놓으라니까
온동네 쏘다니다
저녁녘에 마당 들어서는 녀석
작대기 들고 온 큰소리에
후다닥 쫓겨난
저 호랑이가 물어갈 놈

쫓겨난 내 새끼 새르팍에 서서
사립문 설주에 기대어 고개 내밀다
눈치 빠르게 이때다 싶으면
살그머니 뚤방에 들어선 내 새끼
사방팔방 온동네가 내 새끼 놀이터였다

눈치

네가 살아있고
내가 살아있으니
이 꼴 저 꼴 다 보고 산다
너한테 말할 수 없는 가슴 저린 말
거기한테 꼭 말하고 싶었는데
시간은 가드라
잊혔다 했는데 가슴속 깊은 똬리
고개 쳐들까 가슴이 저린다
한 구절
해야 할런가 말아야 할런가
어디로 튈지 몰라
살피다 머뭇거린 눈치
넌지시 귀띔할 귀가 눈에 뜨인다

늘 감사하는 마음

시간이란 것
편의를 위해 만들어졌지요
그것 지키려 혼이 나갈 뻔했습니다
지키지 않으면 큰일 날까 봐
때가 되면 욕심에 다 했습니다
참 많이도 했네요
고생했네요
욕봤네요
함께 할 수 있어서 늘 감사했습니다
또 해가 바뀌네요
건강만 주세요
어울려 사는 세상살이
흥얼대며 함께 다 할게요

때꼽쟁이 손

손톱에 낀 때꼽
선이 겹쳐 툭 불거진 손마디
나잇값 했나 니 몫 했니
두꺼비 등짝 같은 손으로 움켜 쥔 욕심
도망칠까
뒷덜미 낚아채 봤자
늘 그 자리에 있단다
목 밑까지 욕심부린 때꼽쟁이 손아
니가 부산 떨어 먹고 산다 만은
삭신이 근질근질해 그 버릇 못 놓아
몸뚱아리 고달프겠구나

발걸음

걸음
걸음
발걸음
소리 먹고 자란 녀석
서로 앞서라
양보하며 잘도 간다
배움 없이 터득한 걸음 본새
낯짝 비위 맞추어 잘도 걸어간다
희로애락 장단에 맞장구도 아는구나
세월이 어디인데
상판대기 비위 하나 못 맞출까
됨됨이 기분 따라 가는 본새
토방에 나란히 걸터앉아
오늘은 다 왔네

비 오는 날

머리카락 비집고
실오라기에 실려
툭툭 들어온다
귀찮아 흔들어 내팽개쳐봐도
뜨뜻하게 데워져 주르르 흘러내린다
모락모락 피어오른 김
온몸을 감싸 가슴이 쩍 벌어진다
흥건히 젖은 신발
철벅철벅 발걸음이 투박하다
온갖 것들 등짐에 메고 가는 당신
내려놓고 쉬었다 가시지요
늘 가던 길
비가 그치거든 가세요

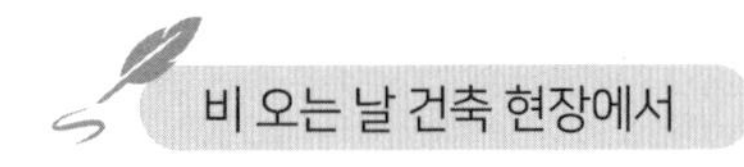

빈 의자

하늘
뭉게구름 한 점
따스한 햇살 타고 내려와
원형 테이블에 자리잡아
찾아올 길손 기다리다 먼 산 바라본다
짝 벌려 한 톨 두 톨 던져준 밤
혼자 받으려니 멋쩍네
오시지 않을래
기다린 사람 애타지 않게 오시게
깨끗하게 닦아 놓은 빈 의자
끼리끼리를 기다리네

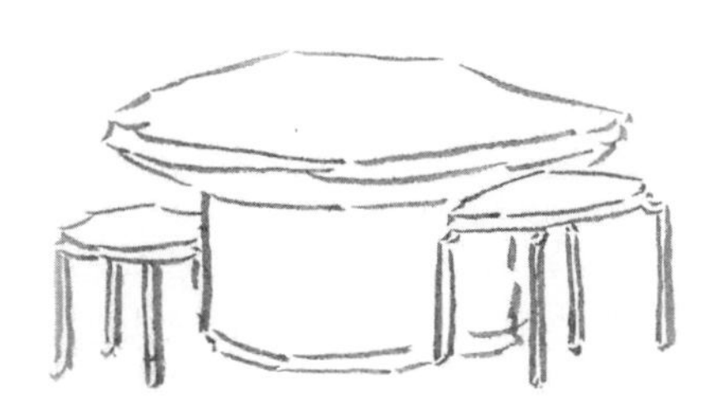

신고산이

옳아
그려
맞아
한 잔 받아
목을 시원스레 적시었다
손 흔들고 돌아서서 가는 발걸음
어 몸이 흔들려 갈지 자다
입 뚫린 흥에 신고산이
덩실거린 팔자걸음 휘청
기분은 최고다
신고산이~~
눈꺼풀이 풀려 걸어가는 발걸음
걸음이 붕 뜬다

어설픈 이야기

하고 싶은 이야기
은근슬쩍 하려다 감춘 이야기
남 모른 가슴 아린 이야기
누구에게도 털어놓지 못하고
털어놓을 술 친구도 없는 사람
냉가슴 어설픈 이야기 가슴이 스리다

세월은 가더라 다 안고 가더라
잊힌 듯 안 잊힌 듯 가더라
다 나은 듯한 응어리 가슴에 상처 도질라
세월아 !
앗아 들고 갔으면 돌려보내지 말거라
화색 돋는 얼굴에 얼룩질라

오지랖

오늘
뿌리는 비
회오리친 바람
실올 같은 가지에 남긴 홑껍데기 마저
홀딱 벗겨버린 당신들
참
매몰찹니다
심술궂습니다
흠뻑 젖은 채 꿋꿋이 서서
다들 그러려니 서 있는 저희들
안쓰러워 몇 마디 건네려다
참견 말라는 듯
말똥말똥 내려다보니
괜스레
친구 잃은 듯 쑥스럽다

용접

부지지 번쩍
불빛 거느린 손놀림에 쇠붙이 놀아난다
사방에 시퍼런 섬광 빛줄기 위에
망아지 불똥 이리저리 날뛴다
앗 뜨거워
살갗 속 파고든 불똥
툭 불거진 물집이 쓰리다
쾅쾅 치는 망치소리
머리카락 쭐깃 세워도
괜찮겠지가 사람 잡는다
안전이 제일이자 근성은 자부심이다

이골

알게 모르게 꼬드겨
헤아려 얻고 싶어 애썼는데
통 그 속을 들여다 볼 수가 없다
마주친 내내
속내라도 드러낼 줄 알았데
그냥 또 저물어간다
속이 상해 때려치우려 했다가도
일에 맛들려 터에 나선다
지나온 세월의 무게에 뭉클해진 가슴
괜찮다는 독백이 이골이나
가슴에 다아 쓸어 담는다

잔상

근질근질
가만히 있지 못해
바지런히 움직인 손끝
핸드폰을 만지작거린다
여기도 기웃
저기도 기웃
시공을 뒤적인다
늘 나잇살 먹지 않을 그 이름
잔상에 그려진 얼굴
참 좋아
우두커니 바라본 폰
설렘 놓칠세라 눈만 꺼벅인다

창호 작업

드르륵
함마로 구멍 뚫는 소리
온 건물이 들썩인다
새시 틀에 수평대 들이대고
높낮이 기울기 좌우로 맞추어
못 집어넣어 드릴이 따르륵 박는다

새시와 벽 틈에 폼 쏟고
데스리 난간에 서서 실콘 쏘는 일
위험한 작업이다
보조자 두 손이 답썩
바짓가랑이 춤을 잡는다

하는 작업
비가 와도 새지 않아야 한다
문짝 착착 방음 방열 척척
자부심의 긍지는
기술자의 근성이 살아 숨 쉬는 작업

심취되어서 하는 일
내가 행복하고
일 할 수 있어서 늘 감사하며
사신 분들께서
항상 행복하셨으면 한다

쳇바퀴

알았냐고
돈 벌고 싶어 일 했고
돈에 환장해서 일 시켰냐
공정에 쫓기다 보니 시켰지
미치겠다

꽃가마 탈 줄 알았겠냐
몰랐으니 일했지
할 일도 많고 기다린 사람도 많는데
찾아갈 길 없어 만나러 갈 수도 없으니
고놈들 콩밥 먹는다고 뭐가 대수냐

아니라네
땅을 치고 하늘 향해 울부짖어도
소용없으니 어찌할꼬
애통하다 이놈의 세상
언제까지 쳇바퀴만 돌리려나

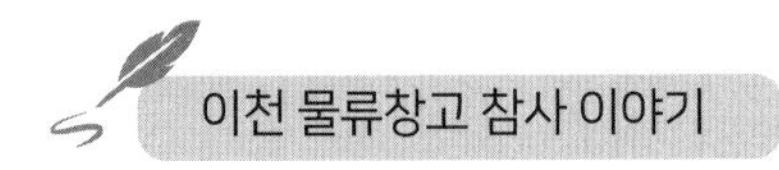

커피 한 잔

너도
그 사람도
우리들은 눈인사
옷깃만 스쳐도 인연이라던데
만나서 반갑다는 악수
늘 살갑게 다가온 일상이다
커피 한 잔 종이컵에 채워
권해 주기도 하고 받아먹기도 한다
으레 하는 일 버겁지가 않다
이웃사촌이 땅 사면 배가 아프다던데
모르는 소리다
우린 아는 사이라서
가다 오다
커피 한 잔 서로 대접할 수 있으니
얼마나 좋으냐
살아가는 하루가

필부(匹夫) 이야기

니도 알고
나도 아는
가슴 아린 말뫼 고향집 이야기
숨이 꽈악 막힌다

따르릉
둘째야 내일이 설이냐
니 동생들이 집에 왔다
설은 지났고 어머니 생신이어요

아이고 팔다리 허리야 !
늘 하시는 소리 그냥 넘기려다
괜찮다 늙어서 늘 하신 말씀에
땅이 꺼지도록 소리지른 탄식

두 손 모아 무릎 꿇으련다
지극 정성 하늘에 닿도록
늘 감사하는 필부로 살라요
이놈 가슴앓이 좀 낫게 해주세요

하루

순서가 밀리는가
여명이 조금씩 밀려
창문 뒷줄에서 차츰 멀어진다
어두움에 짓눌려 조바심에 깨어나
조급증에 시달린다
싸늘해진 아침 공기가 틈을 내주지 않아
서두른 발걸음에 가을이 밟혀
은행알이 바삭바삭 터진다
가슴이 터질 듯 숨차게 바쁘다
얼른얼른 재촉해서
허리 한 번 펴 한숨 돌리니
노을에 녹초가 버티고 서서 가잔다
어두워지기 전에 가자고 보챈다
주섬주섬 챙겨 나선 발걸음
혼자여서 외롭고 힘들어
고독한 적막을 냅다 빻아본다

화살촉

쏘아 올렸다
우연히 현혹된 한 포기 이야기
쏜살같이 달릴 징표 기다린 길바닥
저편에서 아는 이라며
반가움이 앞서 경적 소리 들이댄 아낙
다들 앞에서 소문 퍼트렸다
차창밖으로 내민 활짝 핀 미소
첫사랑인 척 다가가
톡 쏘고 날 잡아라 달아난다
얼결에 혹해 눈초리가 바람 나
손짓으로 애원해도
푸른색 꼬리 화살에 실려 떠난다
높고 푸른 하늘에
하얀 구름에 꽂힌 연분 난 화살촉
가시다 짬 내어 살피세요
금세 흐트러지면 못 보실까 싶소

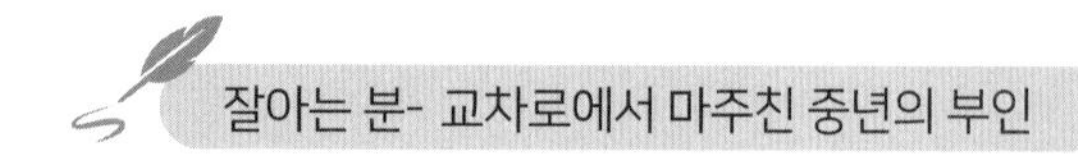

잘아는 분- 교차로에서 마주친 중년의 부인

혜안(慧眼)

살다 보니 육십 대란다
태산이 송두리째 손아귀에 들어올 줄 알았는데
손에는 잡힌 게 없다
세상을 다 알 것 같아
하루빨리 나이 먹었으면 했는데
세월은 잰 걸음으로 저만치 달아났다

먼 산 바라보다 우두커니 서서
알 듯 모를 듯 중얼중얼
서성이다 혼자서 삭인다
후우
이렇게 살아라
꼭 집어서 해줄 혜안(慧眼)이 없다
나이는 자랑인데 말이다

내 이름은 단풍이란다

제4부

사랑, 그리고 가족

그냥

어느 날
너를 보고
허락하지 않았는데
너의 가슴속 깊이 들어가 있었고
온몸을 들쑤시고 다녀도
너는 모르더라

뜨끈한 정이 솔 솔 풍긴 너에게
외로움에 사무쳐
시린 마음 의탁할 수 있어서 참 좋더라
온 낙엽이 폭삭 주저앉은 날 말이다
혹시 후에 알거든
그냥 그랬었구나 하시게

그 사람

문득
문득
찾아든 긴 한숨
멍하니 넋 잃고 바라본 빌딩 유리창
보도블록에 발목 잡힌 내가 보인다

오장육부
깊은 속에서 올라온 긴 한숨
울컥울컥 올라온다
하소연 들어줄 그 사람
언제쯤 오시려나

이리저리 설킨 바둑판 길
신호등에 잡혀 못 오시나
날이 길어졌으니
쉬엄쉬엄 꼭 찾아오세요
당신 자리 마련해 놓고 기다릴게

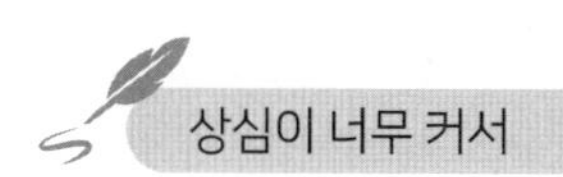

기우

쌔앵
달려오는 녀석
살갗에 맞닿아 차갑다
데리고 올 녀석 어디메 왔니
녀석이 싸대기 때릴 텐데
귓불이 아려 찡그린 미간
주름살 상할까 싶다
어찌하지
두 손으로 감싸 잡았던 잘 여문 손
손결이 차가워 찡했던 님
아린 손님이 붙잡아 잘 있냐
안부 물을 텐데
어찌할까
장갑 벗지 말라는 귓속말
해줄 수 없어
멀리서 애간장만 녹는다

기별

늦가을
한기가 배어들 때
그리워서 바람에 찔끔 눈시울 적시었다
보고파 시선을 딸려 보내던 매파의 엉덩이
가다가 어디메 커피 한 잔 드시나
오다가 막걸리 한 잔에 취하셨나
늘 바쁘단 분

기다리던 날
군불에 구들장 고래가 타
아랫목에 훈김이 모락모락 솟는다
아는 이 훈기가 없어 외롭기 짝이 없는 방
맺힌 가슴 어루만져줄 님을 기다리다
동지섣달 긴 밤만 찾아온다는 기별에
울컥 치솟아 찡해진다

너

보고 싶다
진짜로 보고 싶다
두 손을 감싸 잡고 보고 싶다
너 눈을 보면서
쿵 쿵 뛰는 심장소리
붕 뜨는 설레임
이 기다림을 너는 알까
나는 간절한데

그때

마주친 눈
벗이어서 설레었다
문담이 오갈 수 있어 새록새록 한데
여루워서 헛발 디디였다
가는 길목이 뿌예
문담 떠날까 졸인 가슴
식은땀 손등으로 훔친다
긴 한숨 몰아 쉬어도
새까맣게 타들어 가더라
괜찮을 거란 핑계로 위안 삼으려다
보여서
더 힘들어진다

근심

솟구쳐 오른 허공
가슴팍 뚫어 박차고 나왔다
뻥 뚫려 달아난 줄 알았던 녀석
찰싹 붙어 약올린다
따라오느라 고생했다 다독이며
지평선에 유기하려
바지런히 날갯짓 해 갔더니
호랑이가 물어갈 만석이라 데리고 가란다
비스듬히 편 날갯짓
동그랗게 선 그어 선회하다
쏜살같이 급 하강하여
정신 잃었을 때 멱살 휘어잡아
무인도에 내려놓고 귀양살이 살려야겠다
긴 한숨에 기생하며 애먹인 죄인
이놈아

내가 먼저

니도 피고
나도 피고
사방디 가는 곳마다 다 피었다
니도 부산하고
나도 부산하다
가야 할 곳이 많아 가는 길 헷갈린다
찾아가 만져주고 보듬어 주어도
또 오란다
입 삐쭉거리고 토라진 애
꽃술에 향수 터뜨리어 손짓한다
입맞춤하면 얼마나 달콤한 입술 주려나
앵! 날아 들여다봐야겠다
쌩 부는 골바람
치맛자락 들추어 속살 드러낼 땐
여기저기 잡것들 다 올 텐데
내 먼저 얼른 가야겠다

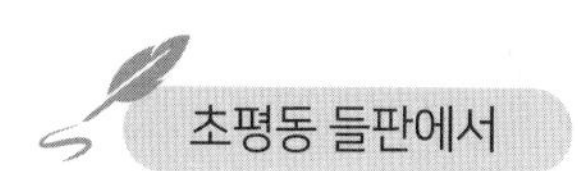

넋

어슴푸레한 닮은 얼굴
넋 놓고 바라본다
그 사람 자태
옆에 있어서 참 좋다
꼼지락거리다 한눈판 사이
보이지 않아 속 끓어
그려진다
안달 나려 한다
들어서며 힐끗 눈길 주니
콧등이 시큰거려
그냥 넋을 놓을 수 있어 참 좋다

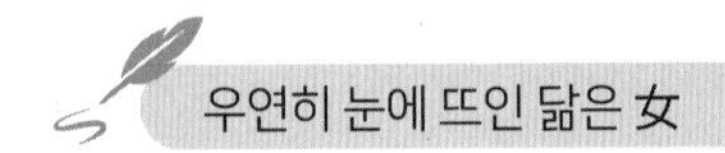

내 집

이랴
끄덕끄덕
풍경 울림 소리
아비가 잡은 고삐 느긋이 놓자
다무락 사이 꼬부랑 길이 낯이 익어
두리번 대문 앞 멈칫 머뭇대다
설주 안에 들어선 누렁이는 보이나 보다
시앙치 때 쪼그리고 졸았던 자리
뜰방 앞에 서서 울림 북통이 크게 떤다
음매~~
마구간 구시통에
여물 챙기느라 부산할 때
나지막하게 떨린 음이 들린다
엄마 나 집에 왔어
내 집에

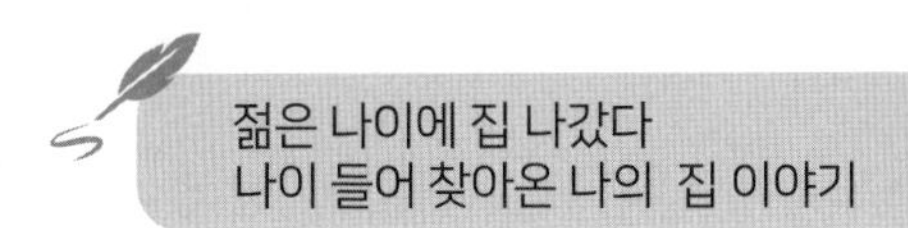

젊은 나이에 집 나갔다
나이 들어 찾아온 나의 집 이야기

닮았소

동녘에 뜨는 해
삭신이 습득한다
세월에 덧칠해져 차곡차곡 쌓였다
참 많이도 했다
색시야

동녘에 뜨는 해
등짝 달구어 힘깨나 쓰더니
흠뻑 젖은 어깨에 걸친 석양
불그스레 화장한 얼굴이 우리는 많이 닮아
오누이가 나란히 걸어오는 줄 알겠소

둥지

멀찍이서 노을이 준
황금빛으로 도금된 금싸라기 아파트
밤새 사라질까 기우에 불 밝히려
밥 지은 냄새 찾아 발걸음 재촉한다
위아래 옆집 온기에
드르렁 소리 밤을 뒤흔든다

찾아든 여명
창틀에 턱 받치고 아침 인사
하품이 쑥스러워 벌떡 일으켜 세웠다
후다닥 바쁘다 바빠
출근길
멋 좀 내고 아침인사는 해야지요

몸 풀 날

희(熹)야!
후덥덥한 날에 흐르는 땀
착착 휘어 감는다
잠들 땐 무더위에 지쳐
손님 맞을 준비를 미처 못했었는데

따스한 햇살에
입맛 살아 살이 찐가 싶더니
싸늘한 바람에 옷자락 벗어던졌다
감춰진 내 근육질 몸매
자랑스럽게 뽐내려왔나 보다

고집불통, 낙락장송(落落長松)
흐르는 세월에 부대끼며
허물을 벗지 못함을 절개란다
먹고 입고 사랑한 세월이 얼마인데 모를까

희(熹)야
오장육부 왕성한 오뉴월 사랑
너를 몸 풀게 했구나

생동하는 봄날
빼죽빼죽 내민 새끼 손가락 파릇파릇

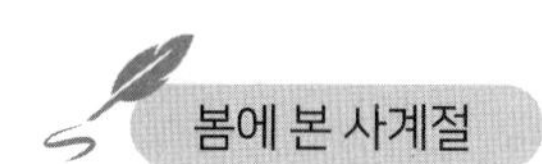

머스마 생각

女身
삼신이 주는 아름다움
유유히 흐르는 곡선
구비구비 잘도 넘는다

흐른다 싶으면 고이고
고였다 싶으면 흐르는 身
한 겹 두 겹 벗겨질 때마다
영묘한 신비에 넋을 놓아 버린다

자르르 흐르는 저 자태
보면 만지고 싶고
만지면 껴안고 싶어진 마음
어찌할까

손이 닿으면 터질까 싶어
눈빛은 말한다
심장 박동에
신비로운 신(神)이라고

무녀리

오셨습니까
당신 목소리에 가슴을 쓸어내립니다
밟힐까
치일까
바람소리에도 놀랍니다
오셨으니 꽃이라도 피어야지요
틈박에 끼여 죽겠다 앓은 소리 해도
살기들 바빠 눈길 못 줄 거요
나비 찾아 오거들랑
덩실덩실 화전놀이 하세요
이슬 먹고 자란 새끼들
훨훨 날아
고래 등 같은 집 지을 테니
그냥 즐기세요

삶

남편이다
아버지다
띵한 골머리
얼레리 꼴레리
울면 바보
삭신이 쿡쿡 쑤시고 욱신거린다
비가 오시려나
눈에 이슬이 스르르 핑 돈다
울면 바보라
강한 척 큰소리만 쳤던 생
다 내팽개치고 한 번은 목놓아 울고 싶다
광원에서 마음껏 엉엉 말이다
얼레리 꼴레리 바보
늘 자신만만한 개선장군
오늘도 현관문 초인종을 누른다

사그라진 마음

다들 떠난
노친네들의 마을
때만 되면 돌담 모퉁이에 서서
평생 애환이 서린 동구 밖 길 바라본 노인네

허리가 굽으신 노친네
오늘도
담 넘어 그 길 바라볼 기력이 있으시려나
눈이 침침해 한 번 꺼벅거리시면
차가 씽 들어와 버릴 텐데
지금도 돌담 잡고 고개 내밀고 계실까

객지서 철 따라
때 탄 옷가지 갈아 입기 바빠
동구 밖 길에 새겨진 애틋한 되새김이 없어
덜컹 겁이나 마음 다잡아도
그때뿐이어서 줄곧 불러봅니다.
어머니!
아버지!

손편지

저수지 둥에 앉아 쓴 손편지
뭉실
뭉실
피어 오른 물안개 속에
종이배 띄워 감추었는데
잔잔한 물결 속
붉게 물든 단풍잎 등에 업혀
뛰쳐나오려 한다
잘 여문 사내 가슴
얼마나 헤집으려고

수양버들

시선에 읽힌 속내
하나씩 스친다
얽히고설킨 사연 보듬어 감싸느라
손이 많이도 탔구나
연두색 입술 삐쭉 내민 너
꺾어 만든 피리 소리
아지랑이 불러 등에 걸터앉아 뽐낸 봄날
질근질근 깨물었던 삐쭉이
씁쓸한 입맛 잊지 못해 다시 찾았다
너는 어데 가고
색 바랜 이파리 말라비틀어져
늘어진 가지에 매달려
너울거리다 하나씩 벗나
누리띠한 옷고름 풀어 제쳐 드러난 속살
물결 타고 춤춘 너
여전히 오늘도 나를 휘어감는다

심보

가련다
날 풀리거든 가지
정월 초하룻날 가시나
섣달 그믐날 오실 거라 미리 다 비우란다
하필이면 귓불 아릴 세찬 바람 따라 가시나

간다
가시다 동상 들까 싶어
가시는 길에 하얀 솜털 수북이 깔으시라
눈 님께 기별했소
저만치 가시다 체인 신겨 밟고 가시소

추운 날
집 떠나면 생고생
어르신께서 하시는 말씀이요
내 마음 같아선 섣달에 오실 땐 말이요
바랑에 든 햇수 버리고 비웠던 그 자리로 오시소

아는 이

세월이 약이라
틀림없는 소리
개울 건너 찾아와 아른거린데
잊으려 한다고 잊히나
콧등이 시큰거리게 눈에 선한데
어쩌란 말이니

너는 몰랐지
아님 너도 눈치챘니
가는 세월에 탑승해
설렘 하나 간직할 수 있어 좋지 않니
가지 말고 그대로 있거라
소주잔 주고 받을 수 있어 더할 나위 없다

아서라

흙 냄새 자욱한 개울에
발 담그러 오시지
헛기침 몇 번에 말동무 삼아 뽀짝이다
고마니 꽃밭 햇살에
낯짝에 물벼락 맞아도 좋으니 오세요
논두렁 안 나락 알갱이들
사내 쥐락펴락 하려 살아 꿈틀거린다
누런 저고리 소매 끝 출렁출렁
묵직한 씨알들
몇 근이나 되려나
근수 재려 저울 끈 잡는 바람잡이
아서라 그 끈 놓으시게 넘어질까 겁이 나네
한번 떠났으면 찾아오지 말아야지
파고들지 말고 가시게나
임자 따로 저기 오시네

애가 탄다

옹벽 등짝
미끄러질까 쫙 벌려
넙적 붙어 야무지게 업혔네
시도 때도 없이 딱 안긴 넝쿨아
숨죽여 빠니 좋냐
보슬비에 물러진 목살 쓰리겠다
네 녀석 손아귀에 봄이 잡혀 왔나
옹벽 위에 어깨동무한 개나리
노란 손수건 흔들어 벗아씨 시집가란다
담쟁이야!
아씨 따라 가고 싶지
가마꾼 왔다 갔다 부산한데
세간살이 어데에 앉아 갈끄나

어울림

밤새 으르렁
타고 승천 하시니라 빗방울 쏟아
지천에 깨끗한 녹색천이 쫙 펼쳐있다
훌쩍 뛰어
대자로 벌렁 누워
바람결에 이리 흔들 저리 흔들
참 호십다 간드러진다
니랑 너랑 같이 한마당
한번 벌리세
온누리와 하는 놀이
나도 그이도 다 같이 어울리세
덩실 덩실 더덩실

여보

여보
처음 만나
힘주어 잡아주던 손
세월 끈으로 천천히 그어간 선
한 선 두 선 어찌 그리 잘 그으요
반해서 세월 끈 쳐다보다
눈이 침침해진 줄 미처 몰랐소
주욱 그랬듯
보채지 않으려오
서두리지 마시고 천천히 그으시오
돋보기 바꿔 쓰며 볼 수 있으니
실선 하나하나 그으세요
거기가 고아스러우니
늘 설레어서 좋소

연속 곡선

목에
하얀 카라
눈에 뜨인 그 사람
자주 보니 숨길 타고 들어오더라
가르쳐 주신 선생님이 안 계셨어도
찌릿한 싹이 콧등에 움을 틔웠다

날마다 힐끗 곁눈질할 수 있어서 참 좋다
옆을 지나면 괜스레 두근거려
얼굴이 벌겋게 핀 아이
가야 했다
해가 달을 업고 동구 밖 건너 재를 넘을 때
나도 떠났고 너도 떠났다

등하교 신작로길
아스팔트로 다져졌고
발부리에 차인 모래자갈
회색 골짜기에 둥지를 틀었다
긴 여로에 그 이름 석 자 만으로도

밤하늘 별들이 사연을 안고 울컥 쏟아진다

저놈의 태양
길게 늘어진 세월
붉게 물든 산등성 베개 삼아
추억을 꿈속에 잠들게 해도
꿈틀거려 콧등에 움이 잠들지 못해
때와 장소를 가리지 않고 헤집고 나온다

이슬에 핀 아지랑이 드시고 여문 당신
검은 머리가 희끗거릴 때까지
보고 싶다고 말 한마디 건네지 못한 당신
언제쯤이나 상사병에 드러누우려나
황순원의 '소나기' 만 읽어 봤어도
연속 곡선에 아쉬움이 없었을 걸

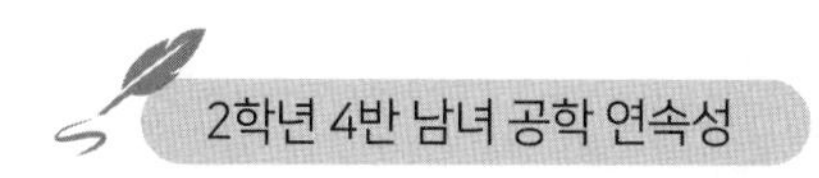

우리들의 순애보

야!
용이네 부모님 외갓집에 가셨데
오늘 저녁 용이네 집에서 놀자
알았지
모퉁이에 있는 탄 냄새난 뒷 골방
희미한 오 촉 전구 불빛에
문풍지 사이로 찬 바람이 솔 솔

하나 둘 예닐곱 명 모여들고
방 가운데는 하반신만 덮을 수 있는 담요
동네 머스마 가시나 희미한 불빛 아래
남녀칠세부동석 맛이 남아 있는 방
오가는 얘기 속 그냥 너무 좋아
오감을 느낄 수 있는 소곤소곤한 이야기
웃었다. 쉿! 소리 줄였다들 한다

한 녀석 그녀만을 주시하며
슬그머니 발을 뻗더니
그녀 발바닥에 발가락 들이대고

슬쩍슬쩍 발가락으로 말한다
손바닥은 촉촉해지고
다른 이에게 들킬까 가슴은 두근거린다

어~~
다른 녀석이 착각 속에 살금 침범해오자
그녀는 살며시 발을 옮겨 버린다
짧은 시간임에도 조급해 눈빛으로 말하며
그녀 발바닥 만나려 쑥 찾아들어 간다
희희낙락거린 이야기 속에 몇 쌍이 더 있었을까

심장을 뒤흔든 야릇한 진동은
촉촉해진 손바닥에 땀방울이 고이고
콧등이 들먹거린 짜릿한 전율은
입술에 사알큼 머금는 미소가 둘만이 아는 속삭임이다
우리들의 순애보를

이눔아

옳지
잘한다 잘해
아장아장 걸음마
아이고 이뻐라 깨물렸던 이눔
어디에 가 있니
밀고 다닌 유모차에 의지하시어
동구 밖 왔다 갔다 다니신 노친네
참 열심이시다 운동을
내가 건강해야 자식이 효자 말 듣는다
늘상 자식 걱정이 태산이신 당신
고약한 눔 어디메 있을까요
화상 통화라도 하지 이눔아
어느 날 니한테
거기는 누구여 물을까 겁나지 않니
땅을 치는 날이 오기 전
시각이 니를 부를 때 가라
이눔아

겸사겸사 시골 팔십칠세 노모 뵙고서 독백

정

아름답소
끈적한 정이 향기롭소
겹으로 쌓인 정 잊을 수 없어
탐스럽게 여문 당신
보름날 달밤에 보쌈하러 왔소
잘 했지요
푹 익은 정 맛 보러 오길

이름 석 자

가슴 속에 담아두었던 친구들
어디에 있을꼬
스크린에 가두어 두자니 속이 터진다
만나서 손이라도 잡고 쌔쌔
껴안아 반가워 방방 뛰어 보고 싶다
친구들 껴안았다고 흉 될 게 무엇 있겠나
오만 가지 얘기 쫙 깔아 쏟아부어도
희희낙락거려도
척 잡힐 일이 있겠나
느그들 생각은 어떠냐
다들 어디 있니
나이 먹었다고 점잔 차리지 말자
빼꼼 들어와서 점 하나라고 찍고 나가면
카톡이 나무라든
우리 다들 그리운 친구가 아닌가
얼굴을 못 볼지라도
이름 석자 만이라도 보세나
친구들아
또 한 해가 갈려고 자꾸 재촉한다

가는 세월 너무 빨리 담박질 하지 않나
다들 이름 석자라도 보세나

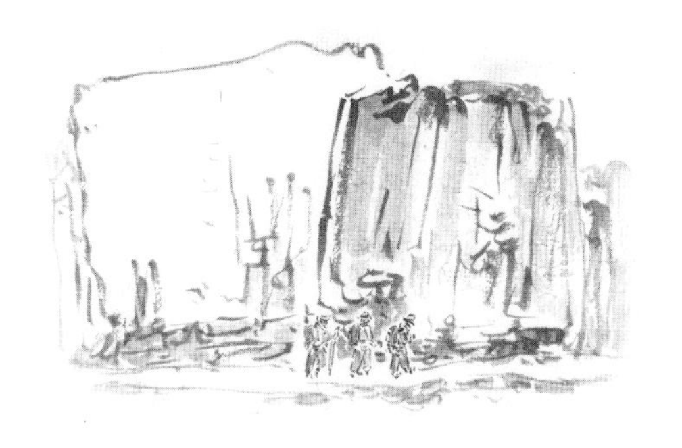

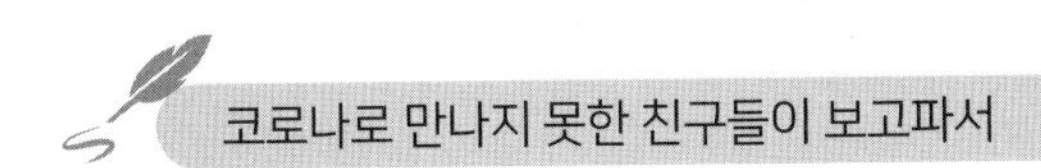

코로나로 만나지 못한 친구들이 보고파서

지앙

스으윽
화선지에 쳐진 난잎인 양
잘 영근 백옥 같은 사람
깊게 들이쉰 숨길 속으로 초대했다
손가락질받더라도
손잡고 저 길 모퉁이 걷고 싶다

느지막에 지앙시럽다 할지라도
소매 끄집어 당겨 시선에 태웠다
가슴 벅차
지앙 치고 싶어진 박동
알런가 모르겠지만 유열(流悅)하겠다
저 모퉁이 길
한 번 돌아 가보고 싶어서

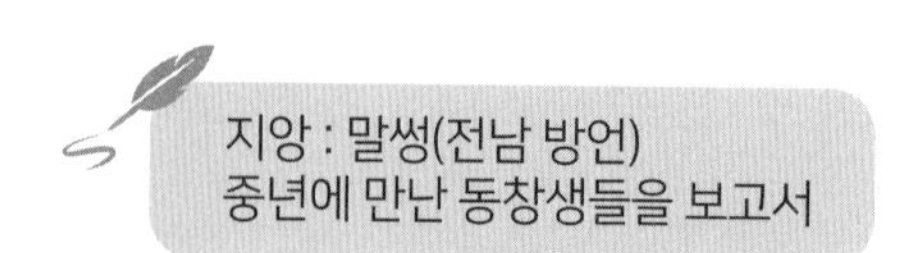
지앙 : 말썽(전남 방언)
중년에 만난 동창생들을 보고서

춤

얼씨구
살결 살짝 들추어
학이 내려앉은 듯한 춤사위
내 혼(魂)을 앗아간다
놀이 한 마당 흠뻑 적신 땀방울
이마 닦으려는 손 잡으려다
헛손질에 깜짝 놀라 눈이 휑해진다
꿈이었나
만날 때
두 손 감싸 꼬옥 잡아 보련다
가슴에 와 닿도록

처자(處子)

부산행 열차
그때 보채볼걸
정으로 쪼아 가슴에 새길 줄이야
속 마음 숨긴 채 처자와 밋밋한 대화
차장 아저씨 쿡 찌른 귀공자란 한마디에
홀딱 넘어가
애송이 총각 체면에
바짝 앉을 좌석을 덥석 샀다
덜커덕덜커덕
흔들림에 손등이 맞닿은 사무칠 일화
역 광장은 짝사랑 심을 텃밭인 줄 알았다
입술에서 툭 던진 맛깔스러운 한마디
애달펴 빤히 쳐다본 설익은 처자의 눈빛
살핀 총각 찌릿해
순간 껴안고 입술을 포갤 뻔했다
정신 차렸을 땐 이미 아까워
역 광장 시계탑에 지워지지 않게 새겨졌다
앳된 총각(總角) 너무 애틋해
멋쩍은 발걸음에 역 광장이 들썩였고

회전목마는 빙빙 잡아 돌았다
江山은 이제야 말한다
첫사랑 처자 붙들어보지 그냥 보냈소이까

호랭이 물어갈 놈

대나무살에 걸친 초롱불
아가 자거라
등 긁어주신 깔끄러운 손 어머니
아가
커서 어미한테 뭐 사 올래
훌륭한 사람 되어
갈치 한 달구지 사 올게 하던 놈
통화 중
빨간불
늘 바쁘단다
이 호랭이가 물어갈 놈이
이놈아
바쁘단 말
할 수 없는 날 올까 겁난다

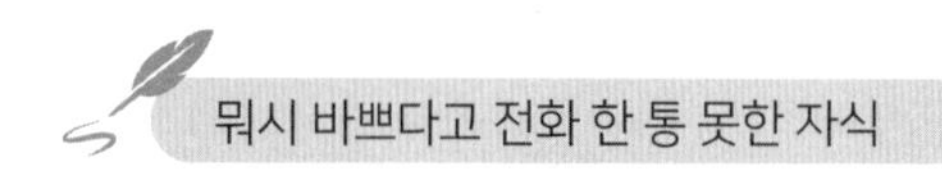

혼자

풀내음 머금은 바람
희미한 이정표 길거리에 내려와
옷소매 붙들려 그냥 가는 길
사방에서 어두움이 발걸음 보듬아 준다
머리카락 세울까 껴안고 걸어간 길
저만치서 불러준다
소쩍궁 소쩍꿍
노랫가락에 취해 걷다 보니
오만 가지가 그믐날 밤 속으로 스러져간다
내음아 그믐이 벌써 가겠단다
말동무 삼아 여태까지 왔는데
샛별이 올 때 되었다고 자꾸 가겠다 보채네
꾸욱 안아줘 참 아늑해 좋았는데
그믐이 가고 난 빈자리
바둑판 길 신호등에서 너를 마주치겠다

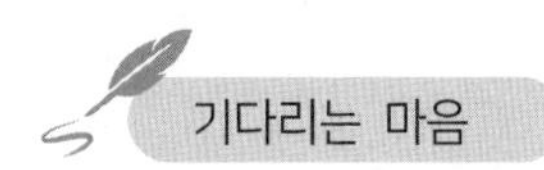

박태근 시인, 작품해설

삶에 감성의 시어를 더하다

박다윤 (시인)

그의 유년 시절을 거슬러 올라가본다. 고향에서 닭서리 했던 생생함이, 고향에서 보았던 오래된 느티나무, 당산나무들이 그의 삶속에는 살아 숨쉬고 있다.

한 명은 사립문에서 망보고
큰방 앞에 망본 놈 지게 거꾸로 받쳐 놓는다
닭서리 할 놈
손을 가슴팍에 깊숙이 넣고
헛간 앞 닭장 문을 연다
뜨뜻해진 손
닭 날갯죽지 속 깊이 넣어
온도가 같아 움직이지 않은 달구 새끼
움켜쥐면 꼬꼬 소리 없이 발만 푸더덕거린다

숨소리 죽여 사립문 빠져나오지만
들킬까 간이 콩만 해진다
푸더덕거린 달구 새끼 목 움켜쥐고
발꿈치 들고 가슴 조이며
후다닥 마을을 벗어나 긴 한숨 모아 쉰다

개천에서 털 뽑고
짚불에 잔털 꼬시리며 증거를 없앤다
쾌쾌한 냄새 풍긴 사랑방에서
요리해 먹은 닭고기가 왜 그리 맛있던지
지금도 군침이 삼켜진다

-'닭서리' 일부 中에서-

먹을 것이 풍족하지 않았던 시절, 닭서리해서 먹는 것은 그야말로 보양식이었다. 한 명도 아니고, 여러 명의 합작품이 '닭서리'인 것이다. 한 놈은 망을 보고, 한 명은 닭을 잡기 위해 손을 넣고, 푸드덕 거리는 닭의 날갯죽지를 잡고 들킬까봐 마음이 조마조마하면서도 닭의 맛은 왜 그리 맛있었는지. 지금은 그때의 낭만이 없지만 유년의 친구들과 함께 하나의 성취를 위해 협력했던 그 모습이 아련하게 떠오른다. 그때의 생생한 묘사가 지나간 추억을 빛바래지 않게 해주고 있다.

그의 다른 시를 살펴보자.

하고 싶은 말이 많은데
어디로 갈까?
술 한 잔 쏟아 붓고 싶은데
누구를 찾아갈까

-'넋두리' 일부-

손톱에 낀 때꼽
선이 겹쳐 툭 불거진 손마디
나잇값 했나 니 몫 했니
두꺼비 등짝 같은 손으로 움켜쥔 욕심

-'때꼽쟁이 손 일부-

코로나 19로 인해 사람들과 사람의 사이는 멀어져 가고 있다. 술 마시며 같이 이야기할 친구도, 거래처도 이젠 먼 꿈이 되어버렸다. 현실에서 그는 일에 대한 욕심 때문에 두꺼비 등같이 딱딱해져 버린 손을 보며, 손톱을 보며 자신의 삶을 돌아본다. 그의 삶 속에 오롯이 녹아있는 외로움과 자괴감을 감당하지 못해 때로는 자신의 자화상에 한숨이 지어진다. 하지만 그의 노래는 오히려 그런 외로움과 자괴감에서도 희망을 느끼게 한다.

그의 대표시를 보자.

한시 한때
우리는 다둥이들로 왔다
풍파에 나동그라진 이
시들시들 앓다가 떠난 무열이
살기 바빠
따뜻한 손길 한 번도 내밀지 않았다
내심 더 먹을 수 있을 것 같아 좋아했다
기껏해야 몇 계절 살걸
천년만년 살 것 같아서 그땐 그랬다

보인다 가야 할 길이
말라 야위어 쭈그러진 나
외투라도 화사롭게 입고 뽐내련다
저이들은
내 이름이 단풍이란다
우리 다둥이들 떠날 길목에 서서
만가 노랫말이 감탄과 탄성으로 터진다

-'내 이름은 단풍이란다' 전문-

그의 대표시 '내 이름은 단풍이란다' 를 보면 그에게 가을이란, 일종의 사치라고 느낀다. 하지만 가을에는 나름대로 뽐내고 싶고, 때로는 화려하게, 화사하게 보내고 싶은 마음을 숨기고 있음을 느낄수 있다.
단풍의 아름다움에 노래가 나오고, 자연의 아름다움에 탄성을 지를 수 밖에 없다. 그리하여 나는 단풍이라는 이름으로 불린다.
박태근 시인의 시는 삶에서 다양하게 피어올린 오색단풍같은 감성의 시어가 짜릿하게 빛난다. 박태근 시인과 우리의 삶에 감성을 더하는 시어가 오래도록 빛을 발하기를 바란다.

내 이름은 단풍이란다

초판 1쇄 인쇄 2022년 4월 30일
초판 1쇄 발행 2022년 5월 2일

지은이 박태근
삽화/그림 박태윤
펴낸이 박다윤
발행처 도서출판 다경(茶京)
책임편집 및 디자인 신현진
등록번호 제 321-2012-000143호
주소 서울시 서초구 서초중앙로2길 21번지 더샵 서초 101-1103
전화 010-3061-7803
이메일 psy-star@hanmail.net
카페 daum.net/Dahkyoung-booksclub
블로그 blog.naver.com/dk_booksclub
정가 10,000원
ISBN 979-11-86869-20-8